Arthur Conan Doyle

La Boite en carton

Texte et illustration de couverture : © domaine public
Edition : Culturea (Hérault, 34)
Contact : infos@culturea.fr
Retrouvez notre catalogue sur http://culturea.fr
Imprimé en Allemagne par Books on Demand
Design typographique : Derek Murphy
Layout : Reedsy (https://reedsy.com/)

Dépôt légal : janvier 2023

ISBN : 9791041927166

Table des matières

La boite en carton.. 3

Toutes les aventures de Sherlock Holmes 30

La boite en carton

En choisissant quelques affaires typiques qui illustrent les remarquables qualités mentales de mon ami Sherlock Holmes, j'ai autant que possible accordé la préséance à celles qui, moins sensationnelles peut-être, offraient à ses talents le meilleur champ de manœuvres. Il est toutefois malheureusement impossible de séparer tout à fait le sensationnel du criminel, et le chroniqueur se débat dans un dilemme : ou sacrifier des détails essentiels et donner ainsi du problème une présentation inexacte, ou bien se servir de la matière que le hasard, et non un choix, lui fournit. Après cette courte préface je me tourne vers mes notes pour en extraire une chaîne d'événements étranges et particulièrement terribles.

C'était une journée d'août ; il régnait une chaleur torride. Baker Street ressemblait à une fournaise ; la réverbération du soleil sur les briques jaunes de la maison d'en face était pénible pour l'œil ; on avait de la peine à croire que c'était les mêmes murs qui surgissaient si lugubrement des brouillards de l'hiver. Nos stores étaient à demi tirés. Holmes était roulé en boule sur le canapé : il lisait et relisait une lettre que lui avait apportée le courrier du matin. Quant à moi, mon temps de service aux Indes m'avait entraîné à mieux supporter la chaleur que le froid, et une température de 33° ne m'éprouvait nullement. Mais le journal du matin n'avait aucune nouvelle intéressante. Le Parlement était en vacances. Tout le monde avait déserté la capitale. Je languissais après les clairières de la Nouvelle-Forêt ou les galets de Southsea. Un compte en banque réduit à zéro m'avait obligé à retarder mes vacances. Mon compagnon n'éprouvait pas le moindre attrait pour la campagne ni pour la mer : il affectionnait de vivre au centre de cinq millions d'habitants, d'étirer ses fils parmi eux, de vibrer au premier bruit déclenché par un crime mystérieux. L'amour de la nature ne faisait certes pas partie de ses dons innombrables.

Comme Holmes me semblait trop absorbé pour bavarder avec moi, j'avais rejeté mon journal et, m'adossant sur ma chaise, j'étais tombé dans une profonde rêverie. Soudain la voix de Sherlock Holmes s'immisça dans mes pensées.

« Vous avez raison. Watson ! me dit-il. C'est une manière tout à fait absurde de régler un conflit.

– N'est-ce pas ? Tout à fait absurde ! » m'exclamai-je.

Et subitement, je me rendis compte qu'il avait fait écho à ma pensée la plus profonde. Je me redressai et le regardai avec ahurissement.

« Qu'est-ce à dire, Holmes ? m'écriai-je. Voilà qui dépasse l'imagination. »

Il se mit à rire de bon cœur.

« Rappelez-vous qu'il y a quelque temps, lorsque je vous ai lu le passage de l'un des contes de Pœ où un logicien serré suit les pensées non formulées de son compagnon, vous avez été enclin à prendre cela pour un vulgaire tour de force de l'auteur. J'ai alors observé que cette habitude m'était courante, et vous avez exprimé une certaine incrédulité.

– Oh non !

– Peut-être pas avec votre langue, mon cher ami, mais à coup sûr avec vos sourcils. Aussi quand je vous ai vu jeter votre journal et mettre vos pensées en route, j'ai été très heureux de saisir l'occasion de lire à travers elles et, éventuellement, de les interrompre, ne fût-ce que pour vous prouver que je pouvais entrer en rapport avec elles. »

Je ne me contentai pas de si peu.

« Dans l'exemple que vous m'avez lu, lui répondis-je, le logicien tirait ses conclusions des gestes de l'homme qu'il observait. Si je me souviens bien, son sujet trébuchait sur un tas de pierres, levait le nez vers les toiles, etc. Mais moi je suis resté tranquillement assis sur ma chaise : quels indices aurais-je pu vous offrir ?

— Vous êtes injuste envers vous-même. La physionomie a été donnée à l'homme pour lui permettre d'exprimer ses émotions ; la vôtre remplit fidèlement son office.

— Voulez-vous me faire croire que vous avez lu dans mes pensées par le truchement de ma physionomie ?

— De votre physionomie, oui. Et spécialement de vos yeux. Peut-être ne vous rappelez-vous pas comment a débuté votre rêverie ?

– Ma foi non !

— Alors je vais vous le dire. Après avoir jeté votre journal, geste qui a attiré mon attention, vous êtes demeuré assis pendant une demi-minute avec une expression vide. Puis vos yeux se sont portés vers le portrait nouvellement encadré du général Gordon, et j'ai vu d'après l'altération de vos traits qu'un train de pensées avait démarré. Mais il n'est pas allé bien loin. Votre regard s'est dirigé presque aussitôt vers le portrait non encadré de Henry Ward Beecher qui est placé au-dessus de vos livres. Puis vous avez contemplé les murs. La signification de tout cela était évidente : vous étiez en train de penser que si le portrait était encadré il remplirait juste cet espace nu et ferait un heureux vis-à-vis au portrait de Gordon.

— Vous m'avez admirablement suivi ! m'exclamai-je.

— Jusque là je ne risquai guère de me tromper. Mais ensuite vos yeux se sont reportés sur Beecher, et vous l'avez regardé attentivement, comme si vous essayiez de lire son caractère d'après ce portrait. Puis vous avez cessé de froncer le sourcil, tout en continuant de regarder dans la même direction, et votre visage est devenu pensif. Vous évoquiez les épisodes de la carrière de Beecher. Je savais bien que vous ne le pourriez pas sans songer à la mission qu'il entreprit pour le compte des Nordistes au temps de la guerre civile, car je me rappelle vous avoir entendu clamer votre indignation contre l'accueil qui lui réservèrent les éléments les plus turbulents de notre population. Indignation si passionnée que j'étais sûr que vous n'auriez pas pensé à Beecher sans réfléchir à cet épisode. Quand, un moment plus tard, j'ai vu vos yeux s'éloigner du tableau, j'ai senti que votre esprit s'était plongé dans la guerre civile ; lorsque j'ai observé vos lèvres serrées, vos yeux étincelants, vos mains crispées, j'étais certain que vous pensiez au courage manifesté par les deux camps au cours de cette lutte désespérée. Et puis, à nouveau, votre physionomie s'est attristée ; vous avez hoché la tête. Vous méditiez alors sur les horreurs, les deuils, le gaspillage des vies humaines. Vous avez porté la main sur votre vieille blessure, et un sourire a flotté sur vos lèvres : j'en ai déduit que l'absurdité de l'application de cette méthode aux problèmes internationaux ne vous avait pas échappé. A ce moment j'ai déclaré partager votre opinion sur cette absurdité, et j'ai été ravi de constater l'exactitude de mes déductions.

– Parfaite exactitude ! dis-je. Et maintenant que vous m'avez tout expliqué, j'avoue que j'en suis encore confondu.

– C'était très superficiel, mon cher Watson, je vous assure ! Je ne me serais pas permis une telle intrusion si l'autre jour vous n'aviez manifesté votre incrédulité. Mais je suis aux prises avec un petit problème dont la solution peut se révéler plus difficile que ce modeste essai de lecture de pensées. Avez-vous remarqué dans le journal un entrefilet se rapportant au contenu peu banal d'un paquet qui a été adressé par la poste à Mlle Cushing, de Cross Street, à Croydon ?

– Non, je n'ai rien vu.

– Ah ! Il a dû vous échapper. Tendez-moi le journal, je vous prie. Voici : sous la colonne financière. Seriez-vous assez bon pour le lire à haute voix ? »

Je repris le journal qu'il m'avait renvoyé, et je lus l'entrefilet en question. Il était intitulé « Paquet macabre ».

« Mademoiselle Susan Cushing, habitant Cross Street, à Croydon, a été victime d'une plaisanterie révoltante, à moins qu'il ne faille attacher à l'incident une signification plus sinistre. A deux heures hier après-midi, le facteur lui délivra un petit paquet enveloppé de papier brun. Une boîte en carton se trouvait à l'intérieur : elle était pleine de gros sel. Mlle Cushing, en la vidant, découvrit avec horreur deux oreilles humaines, apparemment coupées depuis peu. La boîte enveloppée dans le papier avait été postée de Belfast la veille au matin. L'expéditeur est inconnu. L'affaire est d'autant plus mystérieuse que Mlle Cushing, qui a cinquante ans, a mené une existence fort retirée et possède si peu de relations ou de correspondants que c'est un événement quand elle reçoit une lettre par la poste. Cependant il y a quelques années, lorsqu'elle habitait à Penge, elle avait loué des chambres de sa maison à trois jeunes étudiants en médecine, dont elle dut se débarrasser en raison de leurs habitudes bruyantes et irrégulières. La police estime que ce geste outrageant a pu être commis par l'un des trois jeunes gens qui lui aurait gardé rancune et qui comptait l'épouvanter par ces dépouilles d'une salle de dissection. Cette thèse s'appuie sur le fait qu'un étudiant était originaire du nord de l'Irlande et même, selon les dires de Mlle Cushing, de Belfast. En attendant, une enquête est ouverte ; elle a été confiée à M. Lestrade, qui est l'un de nos meilleurs détectives. »

– Assez pour le *Daily Chronique* ! fit Holmes quand j'eus achevé ma lecture. Passons à notre ami Lestrade. Ce matin j'ai reçu un mot de lui. Voici ce qu'il écrit :

« Qu'en dites-vous, Watson ? Vous sentez-vous capable de braver la chaleur et de descendre à Croydon avec moi pour courir le risque d'enrichir vos annales ?

— Je ne demandais justement que d'avoir quelque chose à faire.

— Eh bien, voilà le *quelque chose*. Sonnez pour commander un fiacre. Je troque ma robe de chambre contre un veston, je garnis mon étui à cigares, et je suis prêt. »

Pendant que nous étions dans le train, un orage éclata, et la chaleur nous parut moins oppressante à Croydon que dans la capitale. Holmes avait envoyé un télégramme à Lestrade qui nous attendait à la gare : le représentant de Scotland Yard était toujours aussi sec, nerveux, sémillant, semblable à une fouine. Au bout de cinq minutes de marche, nous arrivions à Cross Street où habitait Mlle Cushing.

C'était une très longue rue bordée par des maisons de briques à deux étages, coquettes et propres ; les perrons étaient d'un blanc impeccable ; des commères en tablier jacassaient sur le pas des portes. Deux cents mètres plus loin, Lestrade s'arrêta et frappa : une jeune bonne lui ouvrit. Mlle Cushing était assise dans la pièce du devant où nous fûmes introduits. Elle avait le visage placide, de grands yeux doux, des cheveux grisonnants qui dessinaient une boucle sur chaque tempe. Une têtière était posée sur ces genoux ; sur un tabouret à côté de sa chaise un panier débordait de soies de couleur.

« Elles sont dans l'appentis, ces horreurs ! dit-elle à Lestrade quand nous entrâmes. Je voudrais bien que vous m'en débarrassiez.

– Je n'y manquerai pas, mademoiselle Cushing. Je les gardais ici jusqu'à ce que mon ami, M. Holmes, les vît en votre présence.

– En ma présence ! Pourquoi ?

– Pour le cas où il désirerait vous poser quelques questions.

– A quoi bon me poser des questions alors que je vous dis et que je vous répète que je ne sais rien à leur sujet.

– Bien sûr, mademoiselle ! intervint Holmes d'une voix lénifiante. Je comprends parfaitement que vous ayez été plus qu'ennuyée par toute cette affaire.

– Vous pouvez le dire, monsieur ! Je suis une femme tranquille et je mène une existence retirée. C'est quelque chose de tout à fait nouveau pour moi que de voir mon nom dans les journaux et de recevoir la visite de la police. Je ne veux pas que vous les apportiez ici, monsieur Lestrade. Si vous voulez les regarder, allez dans l'appentis. »

L'appentis était situé dans le jardinet derrière la maison. Lestrade y pénétra et en sortit une boîte jaune en carton, un morceau de papier marron et de la ficelle. Au bout de l'allée il y avait un banc sur lequel nous allâmes nous asseoir pendant que Holmes examinait, les uns après les autres, les objets que Lestrade lui avait remis.

« La ficelle est d'un intérêt extraordinaire, observa-il en l'élevant à la lumière et en la flairant comme un chien de chasse. Que pensez-vous de cette ficelle, Lestrade ?

— Elle a été goudronnée.

— Précisément. C'est un morceau de ficelle goudronnée. Vous avez aussi remarqué, sans doute, que Mlle Cushing l'a coupée avec des ciseaux, comme en témoigne le double effilochage de chaque côté. Cela est important.

— Je ne vois pas cette importance... commença Lestrade.

— L'importance réside dans le fait que le nœud est intact, et que ce nœud est assez particulier.

— Il est très adroitement confectionné. J'ai déjà rédigé une note à ce sujet, répondit Lestrade avec suffisance.

— Ne parlons plus de la ficelle, alors ! fit Holmes en souriant. Venons-en au papier qui enveloppait la boîte. Du papier brun, avec une odeur distincte de café. Comment, vous ne l'aviez pas sentie ? Je crois que c'est incontestable. L'adresse est écrite un peu à la débandade : "Mademoiselle S. Cushing, Cross Street, Croydon." Rédigée avec une plume à pointe large, probablement une J, et avec de l'encre de qualité très inférieure. Le mot Croydon a d'abord été écrit avec un *i*, puis l'*i* a été corrigé en *y*. Le paquet a donc été adressé par un homme (l'écriture est indiscutablement masculine) d'une instruction limitée et peu familiarisé avec la ville de Croydon. Bon. La boîte est une boîte jaune d'une demi-livre de tabac doux ; elle ne présente rien d'intéressant sauf deux traces nettes d'un pouce sous l'angle gauche ; elle est remplie de gros sel, d'une qualité habituellement utilisée pour la conservation des peaux et des cuirs grossiers. Et, couchées dans le sel, voici les étranges pièces annexes de notre dossier... »

Tout en parlant il prit les deux oreilles, posa une planche sur ces genoux, et procéda à leur examen minutieux. Lestrade et moi l'encadrions et nous regardions alternativement ces horribles dépouilles et le visage méditatif, tendu de notre compagnon. Finalement il les reposa dans le sel et demeura silencieux quelque temps.

« Vous avez remarqué, bien entendu, demanda-t-il, que ces oreilles n'appartiennent pas à la même personne ?

– Oui, je l'ai vu. Mais il s'agit d'une mauvaise plaisanterie d'étudiants dans une salle de dissection, peu importait deux oreilles dépareillées ou une paire.

– En effet. Mais il ne s'agit pas d'une mauvaise plaisanterie.

– Vous en êtes sûr ?

– De fortes présomptions s'y opposent. Dans les salles de dissection les cadavres reçoivent une injection de liquide antiseptique. Ces oreilles n'en portent pas trace. D'autre part, elles sont fraîches. Elles ont été arrachées avec un instrument émoussé ; or les étudiants travaillent avec de bons instruments. Par ailleurs un esprit tant soit peu médical aurait songé à du phénol ou de l'alcool rectifié, mais sûrement pas à du gros sel. Je répète qu'il ne s'agit pas d'une farce, mais d'un crime grave. »

Un petit frisson me parcourut l'échine en entendant les mots de mon compagnon et en regardant le sérieux qui avait durci ses traits. Ce préliminaire brutal semblait présager un drame horrible et inexplicable encore à l'arrière-plan. Lestrade, toutefois, secoua la tête comme quelqu'un qui n'est qu'à demi convaincu.

« Je ne nie pas que la thèse de la farce se heurte à plusieurs objections, dit-il. Mais il y en a de bien plus fortes contre la vôtre. Nous savons que cette femme a mené une existence très discrète et très respectable à Penge comme ici depuis vingt ans. Elle ne s'est presque jamais absentée de chez elle plus d'une journée. Pourquoi dès lors un criminel lui enverrait-il les preuves de son crime ? A moins qu'elle ne soit une actrice consommée, elle ne comprend pas mieux l'affaire que nous-mêmes.

— Tel est le problème que nous avons à résoudre, répondit Holmes. Pour ma part je m'y attellerai en présumant que mon raisonnement est correct et qu'un double assassinat a été commis. L'une de ces oreilles est une oreille de femme : petite, délicate, percée par un anneau. Ces deux personnes sont sans doute mortes, sinon nous aurions entendu parler d'elles. Nous sommes vendredi. Le paquet a été posté jeudi matin. Le drame a donc eu lieu mercredi, ou mardi, ou plus tôt. Si ces deux personnes ont été assassinées, qui d'autre que leur meurtrier aurait adressé à Mlle Cushing la preuve de son crime ? Nous pouvons déduire que l'expéditeur du paquet est l'homme que nous recherchons. Mais il devait avoir une bonne raison pour l'adresser à Mlle Cushing ! Quelle raison ? Sans doute pour l'avertir que le crime avait été commis ; ou peut-être pour la faire souffrir. Mais dans ce cas elle sait qui il est. Le sait-elle ? J'en doute. Si elle le sait, pourquoi aurait-elle alerté la police ? Elle aurait enterré les oreilles, et personne n'en aurait rien su. Voilà ce qu'elle aurait fait si elle avait désiré protéger le criminel. Mais si elle ne désirait pas le protéger, alors elle nous aurait livré son nom. C'est un bel écheveau à débrouiller. »

Il avait parlé de sa voix aiguë et rapide en regardant dans le vague ; soudain il sauta sur ces pieds et se tourna vers la maison.

« J'ai quelques questions à poser à Mlle Cushing, dit-il.

— Dans ce cas je vais vous laisser ici, déclara Lestrade, car j'ai une autre petite affaire en cours. Je crois n'avoir plus rien à tirer de Mlle Cushing. Retrouvez-moi au commissariat.

– Nous y passerons en nous rendant à la gare », répondit Holmes.

Nous nous retrouvâmes bientôt dans la pièce du devant où la vielle demoiselle travaillait paisiblement à sa têtière. Elle la reposa sur ces genoux quand nous entrâmes et nous regarda de ses yeux bleus perçants, bien francs.

« Je suis persuadée, monsieur, nous dit-elle, que c'est une erreur, et que ce paquet ne devait absolument pas m'être adressé. Je l'ai dit et répété à ce gentleman de Scotland Yard mais il n'a fait qu'en rire. Pour autant que je sache, je ne compte aucun ennemi sur cette terre ; pourquoi dons me jouerait-on une pareille plaisanterie ?

– Je partage tout à fait cette opinion, mademoiselle Cushing, répondit Holmes en prenant un siège à côté d'elle. Je crois qu'il est plus probable... »

Il s'arrêta ; je le vis non sans surprise considérer avec une intensité singulière le profil de Mlle Cushing. Un éclair d'étonnement et de satisfaction passa sur son visage ; mais lorsqu'elle leva les yeux pour découvrir la cause de son silence, il était redevenu impassible. Je me mis alors à étudier les cheveux plats et grisonnants de notre hôtesse, son petit bonnet propret, ses boucles d'oreille, sa physionomie placide, sans voir ce qui avait pu provoquer l'émotion de mon compagnon.

« Il y a deux ou trois petites questions...

– Oh ! je suis lasse des questions ! s'écria avec impatience Mlle Cushing.

– Vous avez deux sœurs, je crois ?

– Comment le savez-vous ?

« – Au moment où je suis entré dans la pièce j'ai remarqué que vous aviez sur la cheminée la photographie d'un groupe de trois dames : l'une est incontestablement vous-mêmes, et les deux autres vous ressemblent tellement qu'elles ne peuvent qu'appartenir à votre famille.

– Vous avez tout à fait raison. Ce sont mes sœurs Sarah et Mary.

– Et voici près de moi un autre portrait, pris à Liverpool, de votre plus jeune sœur en compagnie d'un homme qui, à en juger par son uniforme, est un steward. A cette époque elle n'était pas mariée.

– Vous avez le don d'observation très développé !

– C'est mon métier.

– Eh bien, vous avez entièrement raison ! Mais elle épousa M. Browner quelques jours plus tard. Il était sur la ligne de l'Amérique du Sud quand cette photo fut prise, mais il était si amoureux de sa femme qu'il ne pouvait pas se résoudre à la quitter si longtemps ; aussi s'engagea-t-il dans des navires qui font le trafic entre Liverpool et Londres.

– Ah ! Le Conqueror, peut-être ?

– Non, le May Day, aux dernières nouvelles. Jim vint me voir ici une fois. C'était avant qu'il se remît à boire. Mais ensuite, il buvait toujours quand il était à terre, et le moindre petit verre le rendait fou furieux. Ah ! ce fut un triste jour quand il se remit à boire ! D'abord il me laissa tomber, puis il se querella avec Sarah, et maintenant que Mary ne m'écrit plus, nous ne savons pas comment ils vont. »

Il était évident que Mlle Cushing avait abordé là un sujet qui lui tenait au cœur. Comme la plupart des gens qui mènent une vie retirée, elle s'était montrée timide au début, mais elle devint vite extrêmement communicative. Elle nous donna beaucoup de détails sur son beau-frère le steward, puis reprit le thème de ses précédents locataires, les étudiants en médecine, nous énuméra leurs défauts, leurs noms et les hôpitaux où ils travaillaient. Holmes écoutait tout avec beaucoup d'attention, et l'interrompait parfois pour lui poser une question.

« A propos de votre deuxième sœur Sarah, dit-il, je me demande pourquoi, puisque vous êtes célibataires toutes les deux, vous n'habitez pas ensemble.

— Ah ! on voit bien que vous ne connaissez pas le caractère de Sarah ! Quand je suis venue à Croydon, j'ai essayé ; il y a deux mois nous avons dû nous séparer. Je ne veux rien dire contre ma sœur, mais elle se mêle toujours de tout et elle est difficile à satisfaire, Sarah !

— Vous dites qu'elle s'est disputée avec votre famille de Liverpool ?

— Oui, et pourtant ils furent quelques temps les meilleurs amis du monde. Elle était allée à Liverpool pour habiter avec eux. Et à présent elle n'a pas de mots assez durs pour Jim Browser. Quand elle était ici, elle ne parlait de rien d'autre que de son ivrognerie et de ses mauvaises manières. Je pense qu'il n'a pas dû supporter ses ingérences dans son ménage, et que leur brouille a commencé comme ça.

— Merci, mademoiselle Cushing, dit Holmes en se levant et en s'inclinant. Votre sœur Sarah habite, m'avez-vous dit, dans le New Street, à Wallington ? Au revoir. Je suis tout à fait désolé que vous ayez été troublée par une affaire qui ne vous concerne nullement. »

Un fiacre passait quand nous sortîmes. Holmes le héla.

« Wallington est loin d'ici ? demanda-t-il.

– Quinze cents mètres, monsieur.

– Très bien. Grimpez, Watson. Il faut que nous battions le fer pendant qu'il est chaud. L'affaire a beau être simple, il reste encore quelques détails à préciser. Quand vous passerez devant un bureau de poste, cocher, vous vous arrêterez. »

Holmes expédia une courte dépêche et, quand le fiacre se remit en route, il s'adossa dans le fond de la voiture avec son chapeau rabattu sur les yeux pour se protéger du soleil. Notre cocher s'arrêta devant une maison qui ressemblait assez à celle que nous venions de quitter. Mon compagnon lui commanda de nous attendre, et au moment où il posait sa main sur le heurtoir la porte s'ouvrit et un grave gentleman vêtu de noir, coiffé d'un chapeau très lustré, apparut sur le perron.

« Mlle Cushing est-elle ici ? s'enquit Holmes.

– Mlle Sarah Cushing est très gravement malade, répondit-il. Depuis hier elle souffre d'un dérangement cérébral extrêmement sérieux. En ma qualité de médecin, je ne saurais prendre la responsabilité d'autoriser une visite. Je vous prie de revenir dans dix jours. »

Il enfila ses gants, referma la porte et descendit la rue.

« Eh bien, si nous ne pouvons pas, nous ne pouvons pas ! fit Holmes avec entrain.

– Peut-être n'aurait-elle pas pu, ou voulu vous en dire beaucoup ?

– Je ne voulais pas qu'elle me dise grand-chose. Je voulais simplement la regarder. Tout compte fait, je pense que j'ai amassé tout ce dont j'avais besoin. Conduisez-nous à un restaurant convenable, cocher. Nous allons déjeuner, après quoi nous irons retrouver l'ami Lestrade au commissariat de police. »

Nous déjeunâmes fort agréablement tous les deux. Holmes ne parla pas d'autre chose que de violons, et il me conta avec beaucoup de verve comment il avait acheté son Stradivarius personnel qui valait au moins cinq cents guinées chez un brocanteur juif de Tootenham Court pour cinquante-cinq shillings. Ce qui le lança sur Paganini, et pendant une heure il multiplia les anecdotes sur cet homme extraordinaire. L'après-midi était fort avancé et l'ardeur du soleil légèrement tombée quand nous arrivâmes au commissariat. Lestrade nous attendait devant la porte.

« Un télégramme pour vous, monsieur Holmes ! annonça-t-il.

– Ah ! C'est la réponse... »

Il l'ouvrit, y jeta un coup d'œil et l'enfouit dans sa poche.

« ... Tout va bien ! fit-il.

– Avez vous découvert quelque chose ?

– J'ai tout découvert !

– Quoi ? Vous plaisantez ? »

Lestrade le considérait avec stupéfaction.

« Je n'ai jamais été plus sérieux. Un crime ignoble a été commis, et je crois que j'en possède maintenant tous les détails.

– Et le criminel ? »

Holmes griffonna quelques mots au dos d'une de ses cartes de visite et la tendit à Lestrade.

« Voilà le nom, dit-il. Vous ne pourrez pas effectuer l'arrestation avant demain soir au plus tôt. Je préférerais que vous ne mentionniez pas mon nom dans cette affaire, car je tiens à ne le voir associé qu'à des problèmes dont la solution présente des difficultés. Venez, Watson ! »

Nous repartîmes ensemble vers la gare, tandis que Lestrade contemplait d'un air épanoui la carte que Holmes lui avait remise.

« L'affaire, me dit Sherlock Holmes tandis que nous bavardions ce soir-là en fumant un cigare dans notre meublé de Baker Street, est l'une de celles où, comme pour les enquêtes que vous avez intitulées *Étude en rouge* ou *Le Signe des Quatre*, nous avons été contraints de raisonner en remontant des effets aux causes. J'ai écrit à Lestrade pour le prier de nous fournir les détails qui nous manquent encore et qu'il ne pourra se procurer qu'après avoir capturé le meurtrier. Cette capture ne fait pas de doute car, bien qu'il ait la cervelle vide, il est plus tenace qu'un bouledogue à partir du moment où il a compris ce qu'il doit faire ; c'est d'ailleurs cette ténacité qui l'a fait monter en grade à Scotland Yard.

– Votre dossier n'est donc pas complet ?

– Presque complet pour l'essentiel. Nous savons qui est l'auteur de cette révoltante affaire, mais l'identité de l'une des victimes nous manque. Naturellement vous avez déjà formulé vos propres conclusions ?

– Je suppose que ce Jim Browner, steward sur un navire de la ligne de Liverpool, est l'individu que vous soupçonnez ?

– Oh ! c'est plus qu'un soupçon.

– Et cependant je ne vois rien de mieux que quelques vagues indications...

– Au contraire, rien ne saurait être plus clair ! Retraçons les principales étapes. Nous avons abordé l'affaire, vous vous en souvenez, avec un esprit totalement vierge, ce qui est toujours un avantage. Nous n'avions pas échafaudé de théories. Nous étions là simplement pour observer et tirer des déductions de nos observations. Qu'avons-nous vu pour commencer ? Une demoiselle très tranquille et fort respectable, qu'on ne pouvait absolument pas accuser de nous cacher quelque chose, et puis une photographie qui m'a révélé qu'elle avait deux sœurs plus jeunes. Instantanément, j'ai pensé que la boîte avait pu être adressée à l'une ou à l'autre. J'ai mis cette idée de coté, en me disant que nous pourrions la vérifier ou l'infirmer à loisir. Puis nous nous sommes rendus dans le jardin, et nous avons examiné le contenu de la petite boîte jaune.

« La ficelle était du genre de celles dont se servent les voiliers à bord d'un navire ; tout de suite notre enquête s'est parfumée d'un souffle d'air marin. Quand j'ai remarqué que le nœud était confectionné à la manière des marins, que le paquet avait été posté d'un port, et que l'oreille masculine était percée par un anneau (ce qui est plus fréquent chez les marins que chez les terriens) j'ai acquis la certitude que tous les acteurs du drame appartenaient à la classe sociale des gens de la mer.

« Quand j'ai examiné l'adresse du paquet, j'ai constaté qu'elle portait le nom de Mlle S. Cushing. La sœur aînée s'appelait, bien sûr, Mlle Cushing et, bien que l'initiale du prénom fût un S., cet « S. » pouvait concerner aussi bien l'une de ses sœurs. Dans ce cas-là, il fallait reprendre toute l'affaire sur de nouvelles bases. Je me suis donc rendu dans la maison pour éclaircir ce point. J'allais affirmer à Mlle Cushing que j'étais convaincu qu'une erreur avait été commise, quand je me suis brusquement, vous vous le rappelez, interrompu. Le fait est que je venais de voir quelque chose qui m'a rempli d'étonnement et qui, du même coup, a limité singulièrement le champ de nos investigations.

« En qualité de médecin, vous savez, Watson, qu'il n'y a pas d'organe du corps humain qui présente plus de personnalité qu'une oreille. Toutes les oreilles diffèrent les unes des autres ; il n'y en a pas deux semblables. Dans le numéro de l'an dernier de l'Anthropological Journal, vous trouverez deux brèves monographies de ma plume sur ce sujet. J'avais donc examiné les oreilles dans la boîte avec les yeux d'un expert, et j'avais soigneusement noté leurs particularités anatomiques. Imaginez ma surprise quand, regardant Mlle Cushing, je m'aperçu que son oreille correspondait exactement à l'oreille féminine que je venais d'examiner. Il ne pouvait pas s'agir d'une simple coïncidence : la même minceur de l'hélix, la même incurvation du lobe supérieur, la même circonvolution du cartilage interne... Pour l'essentiel c'était la même oreille.

« Bien entendu, je discernai immédiatement l'importance énorme de cette observation. Il m'apparut évident que la victime était une parente du même sang, et probablement une très proche parente. J'ai donc mis Mlle Cushing sur le chapitre de sa famille, et vous vous rappelez tous les détails qu'elle nous a fournis.

« Tout d'abord sa sœur s'appelait Sarah et elles avaient vécu ensemble jusqu'à ces tout derniers temps : c'était là l'explication de la méprise, comme de l'adresse du paquet. Puis nous avons appris l'existence de ce steward, marié à la troisième sœur, et nous avons su qu'il avait été autrefois en si bons termes avec Mlle Sarah, qu'elle avait quitté Liverpool pour vivre auprès des Browner, mais qu'ensuite une dispute les avait séparés. Cette dispute avait mis depuis quelques mois un terme à toutes les relations, si bien que pour le cas où Browner aurait voulu expédier un paquet à Mlle Sarah, il l'aurait envoyé à son ancienne adresse.

« L'affaire sortait donc merveilleusement des brumes. Nous connaissions l'existence de ce steward, impulsif, à passions violentes (n'avait-il pas renoncé à un emploi qui devait être plus lucratif afin de se rapprocher de sa femme ?), sujet enfin à des accès occasionnels d'ivrognerie. Nous avions toutes raisons de croire que sa femme avait été assassinée, et qu'un homme probablement un marin, avait été assassiné en même temps. La jalousie paraissait être le mobile évident du crime. Et pourquoi envoyer les preuves de son acte à Mlle Sarah Cushing ? Sans doute parce que, durant son séjour à Liverpool, elle avait dû être mêlée aux événements qui aboutirent au drame... Vous remarquerez que cette ligne de navigation fait escale à Belfast, Dublin et Waterford ; en supposant que Browner eût commis son crime juste avant de s'embarquer sur son vapeur le May Day, Belfast était le premier endroit d'où il pouvait expédier son sinistre paquet.

« A cette étape une deuxième solution était évidemment possible : bien que je l'eusse jugée improbable, encore me fallait-il en avoir le cœur net avant d'aller plus loin. Un amoureux éconduit aurait pu avoir tué M. et Mme Browner, et l'oreille masculine aurait alors appartenu au mari. De sérieuses objections s'élevaient contre cette hypothèse, mais elle était, après tout, possible. J'ai donc envoyé une dépêche à mon ami Agar, de la police de Liverpool, et lui ai demandé de me dire si Mme Browner était chez elle, et si Browner avait embarqué sur le May Day. Puis nous sommes allés à Wallington rendre visite à Mlle Sarah.

« J'étais surtout curieux de voir si cette oreille de famille était aussi bien reproduite sur elle. D'autre part, elle pouvait nous fournir d'importants renseignements, mais je n'y comptais guère. Elle avait dû entendre parler de l'affaire dès la veille, puisque tout Croydon la savait, et que seule elle était à même de comprendre la signification du paquet. Si elle avait voulu aider la justice, elle se serait déjà mise en communication avec la police. Néanmoins il était de notre devoir d'aller la voir ; nous nous sommes rendus chez elle. Nous avons appris que la nouvelle de l'arrivée du paquet (car sa maladie date de ce moment-là) avait déclenché une fièvre cérébrale. Il était plus clair que jamais qu'elle en comprenait toute la signification, mais qu'avant un certain laps de temps elle ne nous serait d'aucun secours.

« Nous n'avions pas besoin, heureusement, de son témoignage. La réponse à mon télégramme nous attendait au commissariat de police. Rien n'aurait pu être plus concluant. Depuis plus de trois jours la maison de Mme Browner était fermée, et les voisins pensaient qu'elle était allée dans le sud voir ses sœurs. Le bureau maritime certifiait que Browner s'était embarqué à bord du May Day, dont l'arrivée dans la Tamise est prévue pour demain soir. Quand il arrivera il sera cueilli par notre ami Lestrade peu malin mais décidé. Je ne doute pas que nous n'obtenions alors tous les détails qui nous manquent. »

Sherlock Holmes ne fut pas déçu. Le surlendemain il reçut une grande enveloppe qui contenait une courte lettre du détective et un document dactylographié de plusieurs pages.

« Lestrade l'a fort bien cueilli, dit Holmes. Peut-être voudriez-vous savoir ce qu'il me dit ?

"Mon cher Monsieur Holmes,

Comme suite au plan que nous avions élaboré pour la confirmation de nos théories..."

« Le « nous » n'est pas mal, hé, Watson ?...

"Je me suis rendu à l'Albert Dock hier soir à six heures et je suis monté à bord du vapeur May Day, appartenant à la compagnie Packet de Londres-Dublin-Liverpool. Après enquête j'ai découvert qu'il y avait parmi l'équipage un steward du nom de James Browner, qui s'était comporté pendant le voyage d'une façon si extraordinaire que le commandant s'était vu contraint de le relever de son poste. Je suis descendu dans sa cabine, et je l'ai trouvé assis sur un coffre, la tête dans les mains et se

balançant d'arrière en avant. C'est un grand gaillard costaud, sans barbe, très bronzé (un type dans le genre d'Albridge, qui nous aida dans l'affaire de la blanchisserie fantôme). Il bondit quand il entendit ce que j'avais à lui dire. J'avais déjà porté mon sifflet à la bouche pour appeler deux agents de la police fluviale qui se trouvaient dans le coin, mais il s'effondra et me tendit tranquillement les poignets pour que je lui passe les menottes. Nous l'avons mis en cellule au commissariat et nous avons emmené son sac pour le cas où il contiendrait quelque chose d'intéressant ; à l'exception d'un grand couteau tranchant comme en ont beaucoup de marins, nous n'avons rien trouvé de notable. Nous n'avons cependant pas besoin de preuves supplémentaires car, une fois traduit devant l'inspecteur de service au commissariat, il demanda à faire une déposition qui fut prise en sténo et dactylographiée en trois exemplaires. Vous en trouverez un dans le pli. L'affaire s'avère, comme je l'avais toujours pensé, d'une simplicité enfantine, mais je vous suis très obligé de l'aide que vous m'avez apportée.

Avec mes meilleurs sentiments,

votre G. Lestrade"

« ... Hum ! reprit Holmes. L'affaire était vraiment d'une simplicité enfantine, mais je crois qu'il ne l'avait pas trouvée aussi simple lorsqu'il nous a demandé un coup de main. N'importe : voyons ce que dit Jim Browner. Voici sa déposition, telle qu'elle a été enregistrée devant l'inspecteur Montgomery du commissariat de police de Shadwell ; elle a l'avantage d'être prise sur le vif. »

« Si j'ai quelque chose à dire ? Oui, j'ai beaucoup à dire. Je vais tout vous avouer. Vous pouvez me pendre, ou me laisser en vie : je m'en soucie comme d'une guigne. Je vous dis que je n'ai pas fermé l'œil depuis que je l'ai fait, et je crois que je ne dormirai plus jamais. Parfois c'est la tête à lui, le plus souvent c'est la tête à elle. Lui, sombre et renfrogné ; elle, avec une sorte d'étonnement dans le regard. Oui, l'agnelle blanche, elle a dû être bien étonnée quand elle a lu un arrêt de mort sur un visage qui ne l'avait jusqu'ici jamais regardée qu'avec amour !

« Mais tout ça, c'est la faute de Sarah. Puisse la malédiction d'un homme brisé lui faire pourrir le sang dans les veines ! Ce n'est pas que je veuille m'innocenter. Je sais que je m'étais remis à boire, comme la bête sauvage que j'étais. Mais elle m'aurait pardonné ; elle serait restée liée à moi comme une corde à une poulie si cette femme n'avait pas forcé notre porte. Car Sarah Cushing m'aimait (c'est là la racine de l'affaire). Elle m'aima jusqu'à ce que tout son amour se transformât en haine quand elle se rendit compte que je préférais la trace des pas de ma femme dans la boue plutôt qu'elle avec tout son corps et toute son âme.

« Elles étaient trois sœurs. L'aînée était une brave femme, la deuxième un démon, la troisième un ange. Sarah avait trente-trois ans, et Mary vingt-neuf quand je me suis marié. Nous étions parfaitement heureux quand nous vivions tous les deux, et dans tout Liverpool il n'y avait pas de meilleure femme que ma Mary. Et puis, nous avons invité Sarah à passer une semaine chez nous ; la semaine est devenue un mois ; et finalement elle s'est installée.

« A cette époque je ne buvais que de l'eau ; nous mettions régulièrement un peu d'argent de côté, et l'avenir était aussi clair qu'un dollar neuf. Mon Dieu, qui aurait pensé que cela se terminerait ainsi ! Qui l'aurait jamais imaginé ?

« Généralement je passais les week-ends à la maison ; parfois si le bateau était retardé par un chargement, je restais toute une semaine ; j'eus de cette façon l'occasion de voir de plus près ma belle-sœur Sarah. C'était une belle femme, grande, brune, vive, farouche, avec un fier port de tête et une lueur dans les yeux comme l'étincelle d'un silex. Mais quand la petite Mary était là je ne songeais guère à elle : je le jure avec autant de force que je crois à la miséricorde de Dieu !

« J'avais remarqué quelquefois qu'elle aimait être seule avec moi, ou qu'elle me demandait de la sortir, mais je n'avais jamais pensé à autre chose. Un soir mes yeux s'ouvrirent. J'étais rentré du bateau et ma femme était sortie ; Sarah se trouvait seule à la maison. "Où est Mary ?" j'ai demandé. "Oh ! elle est sortie pour régler quelques achats." J'étais impatient, et je ne pouvais pas tenir en place. "Vous ne pouvez donc pas être heureux cinq minutes sans Mary, Jim ? me dit-elle. Ce n'est pas très gentil pour moi que vous ne vous contentiez pas de ma compagnie pour si peu de temps. – Très bien, ma fille !" je lui dis en lui tendant gentiment une main ; aussitôt elle s'empara de ma main et la prit entre les siennes ; elles étaient brûlantes comme si elle avait de la fièvre. Alors je la regardai et dans ses yeux je lus tout. Il n'y avait pas besoin de parler, ni l'un ni l'autre. Je fronçai le sourcil et dégageai ma main. Elle se tint debout à côté de moi, sans rien dire, puis posa sa main sur mon épaule. "Du calme, vieux Jim !" me dit-elle. Et sur un rire moqueur, elle quitta la pièce en courant.

« Eh bien, depuis ce jour, Sarah me voua une haine féroce. Et je jure que c'est une femme qui peut haïr ! J'ai été stupide de tolérer qu'elle continue à vivre avec nous. Oui, un imbécile ! Mais je n'ai rien dit à Mary, pour ne pas lui faire de la peine. Les choses ont continué comme par le passé, mais au bout d'un certain temps j'ai noté que Mary changeait. Toujours elle avait été confiante, naïve ; voilà qu'elle devenait bizarre, soupçonneuse : elle voulait savoir où j'avais été, ce que j'avais fait, qui m'écrivait, ce que j'avais dans mes poches, et mille autres bêtises. De jour en jour elle se faisait plus irritable, plus étrange ; nous nous disputions sans raison pour des riens. Je n'y comprenais goutte. Sarah m'évitait maintenant, mais elle et Mary étaient inséparables. Je me rends compte à présent qu'elle complotait contre moi et qu'elle envenimait le caractère de ma femme, mais j'étais tellement aveugle que je ne le supposais même pas. Puis, je me suis remis à boire : cela, je crois que je ne l'aurais pas fait si Mary était restée la même. Du coup elle trouva un motif de reproche, et entre nous le fossé se creusa de plus en plus. Survint alors cet Alec Fairbairn. Les choses se noircirent mille fois plus.

« C'était pour voir Sarah qu'il commença à nous faire visite : mais il vint bientôt pour nous tous, car c'était un homme séduisant et il se faisait des amis partout où il allait : beau garçon, fanfaron, tiré à quatre épingles, frisé, il avait vu la moitié de monde et il savait parler de ce qu'il avait vu. Il était agréable, je ne le nie pas, et pour un marin il était extraordinairement poli, ce qui me donnait à penser qu'autrefois il avait dû se tenir sur la poupe et non sur la plage avant ; Pendant un bon mois il vint chez moi à sa fantaisie ; jamais je ne pensai qu'un mal quelconque pourrait naître de ses manières douces et insinuantes. Un jour tout de même un incident me le rendit suspect ; à partir de ce moment-là, je perdis mon repos pour toujours.

« Un très petit incident. J'étais arrivé à l'improviste dans le salon et, quand j'ouvris la porte, j'aperçus sur le visage de ma femme un éclat de joie. Mais quand elle vit que c'était moi, cet éclat s'évanouit et elle se détourna toute déçue. C'en fut assez pour moi. Il n'y avait personne d'autre qu'Alec Fairbairn dont le pas pouvait être confondu avec le mien. Si je l'avais remarqué à cet instant-là, je l'aurais tué, car j'ai toujours agi comme un fou quand je me mettais en colère. Mary vit dans mon regard la lueur du diable et elle courut vers moi en posant sa main sur ma manche. "Non, Jim ! Non !" me dit-elle. "Où est Sarah ?" j'ai demandé. "Dans la cuisine. – Sarah ! j'ai dit quand je suis rentré dans la cuisine, ce Fairbairn ne remettre jamais les pieds chez moi !" Elle m'a regardé : "Et pourquoi ?" J'ai répondu : "Parce que c'est mon ordre. – Oh ! elle a dit, si mes amis ne sont pas dignes de cette maison, alors je ne suis pas digne d'elle non plus. – Vous ferez ce que vous voudrez, j'ai dit, mais si ce Fairbairn se montre encore une fois ici, je vous enverrai l'une de ses oreilles en guise de souvenir." Elle a été épouvantée par l'expression de mon visage, je crois, car elle ne m'a rien répondu, et le soir même elle quittait ma maison.

« Ma foi, je ne sais pas si c'était pure diablerie de la part de cette drôlesse, ou si elle croyait pouvoir me tourner contre ma femme en encourageant celle-ci à se mal conduire. Toujours est-il qu'elle alla s'établir à deux rues de chez moi pour louer des chambres à des marins. Fairbairn y descendait régulièrement, et Mary s'y rendait pour prendre le thé avec sa sœur et lui. Combien de fois y est-elle allée, je l'ignore ; mais je l'ai suivie une fois, et quand je suis entré, Fairbairn s'est enfui en sautant le mur du jardin comme le lâche qu'il était. Je jurai à ma femme que je la tuerais si je la retrouvais avec lui, et je la ramenai à la maison : elle tremblait, sanglotait ; elle était aussi blanche qu'une feuille de papier. Il n'y eut plus d'amour entre nous. Je pouvais me rendre compte qu'elle me détestait ; quand cette idée me poussait à boire, elle me méprisait et me haïssait encore plus.

« Sur ces entrefaites Sarah comprit qu'elle ne pouvait gagner sa vie à Liverpool, et elle partit pour Croydon afin d'habiter, je crois, avec sa sœur. A la maison les choses continuèrent d'aller leur train. Et puis ce fut cette dernière semaine, et toute la misère et l'anéantissement de tout.

« Voici comment. Nous avions embarqué à bord du May Day pour un voyage circulaire d'une semaine ; mais une barrique se désamarra et démolit l'une de nos tôles, si bien que nous dûmes regagner le port pour douze heures. Je descendis à terre et rentrai à la maison : j'espérais que peut-être ma femme serait heureuse de me voir si tôt de retour. Quand je tournai dans ma rue, un fiacre me croisa et je la vis à l'intérieur, assise à côté de Fairbairn, tous deux riant aux éclats et bavardant : ils étaient loin de penser à moi qui les observais du trottoir.

« Je vous le dis, et je vous en donne ma parole, à partir de cet instant, je ne fus plus mon maître : la suite se présente comme un rêve confus quand j'y repense. J'avais beaucoup bu ces derniers temps, et les deux choses ensemble me montèrent au cerveau. Maintenant il y a quelque chose qui bat dans ma tête, comme un marteau de charpentier, mais ce matin-là il me semblait avoir dans les oreilles le bruit de tout le Niagara.

« Alors j'ai pris mes jambes à mon cou et j'ai poursuivi le fiacre. J'avais à la main un lourd gourdin de chêne, et je vous dis que d'abord j'ai vu rouge ; mais tout en courant, je réfléchissais et j'ai ralenti un peu afin de les voir sans être vu. Ils s'arrêtèrent à la gare. Autour des guichets, il y avait beaucoup de monde ; je pus donc m'approcher sans attirer leur attention. Ils prirent des billets pour New Brighton. Moi aussi. Je montai dans le troisième compartiment derrière eux. A New Brighton ils se promenèrent le long du boulevard de la plage ; je les suivais à cent mètres. Enfin je les vis louer un bateau, monter dedans : il faisait très chaud, sans doute cherchaient-ils un peu de fraîcheur sur l'eau.

« C'était juste comme s'ils m'étaient donnés dans la main. Il y avait un peu de brume : on ne pouvait pas voir à plus de quelques centaines de mètres. Je louai un bateau moi aussi, et je tirai sur les avirons. Je distinguais le sillage de leur embarcation, mais ils avançaient presque aussi vite que moi et ils étaient à peu près à quinze cents mètres du rivage quand je parvins à leur hauteur. La brume nous enveloppait comme dans un rideau, et nous étions tous les trois seuls en plein milieu. Mon Dieu, oublierai-je jamais leurs visages quand ils reconnurent l'homme qui montait la barque tout près d'eux ? Elle se mit à hurler. Lui jura comme un forcené, et essaya de me porter un coup d'aviron car il avait dû lire le meurtre dans mon regard. Je l'évitai et lui assenai un coup de gourdin qui lui écrasa la tête comme un œuf. Je l'aurais peut-être épargnée, elle, en dépit de toute ma folie, mais elle glissa ses bras autour de lui, criant et l'appelant "Alec". Je frappai un deuxième coup, elle s'écroula à côté. J'étais comme une bête sauvage ayant bu du sang. Si Sarah s'était trouvée là, par le Seigneur elle les aurait rejoints ! Je tirai mon couteau et ... Là, j'en ai dit assez ! J'éprouvai une sorte de joie féroce quand je pensai à la tête de Sarah quand elle verrait les conséquences de ses intrigues. Puis j'attachai les deux corps au bateau, je creusai une planche et je restai là jusqu'à ce qu'ils eussent sombré. Je savais bien que le loueur des bateaux penserait qu'ils s'étaient perdus dans la brume et qu'ils avaient dérivé en pleine mer. Je me nettoyai, revins à terre, et rembarquai à bord de mon navire sans qu'âme au monde ait soupçonné ce qui s'était passé. Cette nuit-là je préparai le paquet pour Sarah Cushing ; le lendemain je l'expédiai de Belfast.

« Voilà. J'ai dit toute la vérité. Vous pouvez me pendre. Vous pouvez faire de moi tout ce que vous voudrez. Mais vous ne pourrez pas me punir comme déjà, j'ai été puni. Je ne peux pas fermer les yeux sans voir ces deux visages me regarder : me regarder comme ils l'ont fait quand mon bateau a troué la brume. Je les ai tués vite : eux me tuent lentement. Encore une autre nuit, et je serais mort ou fou avant le matin. Vous ne me laisserez pas seul dans une cellule, monsieur ? De grâce ne le faites pas ! Au jour de votre agonie, puissiez-vous être traité comme vous me traiterez aujourd'hui. »

« Quelle est la signification de tout cela, Watson ? me demanda Holmes d'un ton solennel en reposant le document. A quelle fin tend ce cercle de misère, de violence et de peur ? Il doit bien tendre à une certaine fin, sinon notre univers serait gouverné par le hasard, ce qui est impensable. Mais quelle fin ? Voilà le grand problème qui est posé depuis le commencement des temps, et la raison humaine est toujours aussi éloignée d'y répondre. »

Toutes les aventures de Sherlock Holmes

Liste des quatre romans et cinquante-six nouvelles qui constituent les aventures de Sherlock Holmes, publiées par Sir Arthur Conan Doyle entre 1887 et 1927.

Romans

* Une Étude en Rouge (novembre 1887)
* Le Signe des Quatre (février 1890)
* Le Chien des Baskerville (août 1901 à mai 1902)
* La Vallée de la Peur (sept 1914 à mai 1915)

Les Aventures de Sherlock Holmes

* Un Scandale en Bohême (juillet 1891)
* La Ligue des Rouquins (août 1891)
* Une Affaire d'Identité (septembre 1891)
* Le Mystère de Val Boscombe (octobre 1891)
* Les Cinq Pépins d'Orange (novembre 1891)
* L'Homme à la Lèvre Tordue (décembre 1891)
* L'Escarboucle Bleue (janvier 1892)
* Le Ruban Moucheté (février 1892)
* Le Pouce de l'Ingénieur (mars 1892)
* Un Aristocrate Célibataire (avril 1892)
* Le Diadème de Beryls (mai 1892)
* Les Hêtres Rouges (juin 1892)

Les Mémoires de Sherlock Holmes

* Flamme d'Argent (décembre 1892)
* La Boite en Carton (janvier 1893)
* La Figure Jaune (février 1893)
* L'Employé de l'Agent de Change (mars 1893)
* Le Gloria-Scott (avril 1893)
* Le Rituel des Musgrave (mai 1893)
* Les Propriétaires de Reigate (juin 1893)

* Le Tordu (juillet 1893)
* Le Pensionnaire en Traitement (août 1893)
* L'Interprète Grec (septembre 1893)
* Le Traité Naval (octobre / novembre 1893)
* Le Dernier Problème (décembre 1893)

Le Retour de Sherlock Holmes

* La Maison Vide (26 septembre 1903)
* L'Entrepreneur de Norwood (31 octobre 1903)
* Les Hommes Dansants (décembre 1903)
* La Cycliste Solitaire (26 décembre 1903)
* L'École du prieuré (30 janvier 1904)
* Peter le Noir (27 février 1904)
* Charles Auguste Milverton (26 mars 1904)
* Les Six Napoléons (30 avril 1904)
* Les Trois Étudiants (juin 1904)
* Le Pince-Nez en Or (juillet 1904)
* Un Trois-Quarts a été perdu (août 1904)
* Le Manoir de L'Abbaye (septembre 1904)
* La Deuxième Tâche (décembre 1904)

Son Dernier Coup d'Archet

* L'aventure de Wisteria Lodge (15 août 1908)
* Les Plans du Bruce-Partington (décembre 1908)
* Le Pied du Diable (décembre 1910)
* Le Cercle Rouge (mars/avril 1911)
* La Disparition de Lady Frances Carfax (décembre 1911)
* Le détective agonisant (22 novembre 1913)
* Son Dernier Coup d'Archet (septembre 1917)

Les Archives de Sherlock Holmes

* La Pierre de Mazarin (octobre 1921)
* Le Problème du Pont de Thor (février et mars 1922)
* L'Homme qui Grimpait (mars 1923)

* Le Vampire du Sussex (janvier 1924)
* Les Trois Garrideb (25 octobre 1924)
* L'Illustre Client (8 novembre 1924)
* Les Trois Pignons (18 septembre 1926)
* Le Soldat Blanchi (16 octobre 1926)
* La Crinière du Lion (27 novembre 1926)
* Le Marchand de Couleurs Retiré des Affaires (18 décembre. 1926)
* La Pensionnaire Voilée (22 janvier 1927)
* L'Aventure de Shoscombe Old Place (5 mars 1927)